# PREMIÈRES FLEURS

### POÉSIES

## Par Joseph BEUF,

de l'*Union des Poètes*,

Avec une préface par M. THALÈS BERNARD.

Amo, credo, spero.
(DEVISE DE SILVIO PELLICO).

Ma pauvre lyre, c'est mon âme.
(M^me DESBORDES-VALMORE).

## DEUXIÈME ÉDITION
REVUE ET AUGMENTÉE.

### GRENOBLE
ALPHONSE MERLE & Cie, LIBRAIRES-ÉDITEURS
RUE LAFAYETTE, 14.
1860

# PREMIÈRES FLEURS.

Y e

15442

Grenoble. — Imp. Allier.

# PREMIÈRES FLEURS

## POÉSIES

## Par Joseph BEUF,

de l'*Union des Poètes*,

Avec une préface par M. THALÈS BERNARD.

Amo, credo, spero.
  ( DEVISE DE SILVIO PELLICO ).

Ma pauvre lyre, c'est mon âme.
  ( M^me DESBORDES-VALMORE ).

## DEUXIÈME ÉDITION

REVUE ET AUGMENTÉE.

## GRENOBLE

ALPHONSE MERLE & C^ie, LIBRAIRES-ÉDITEURS

RUE LAFAYETTE, 14.

## 1860

# AVIS AU LECTEUR.

---

Le brillant succès qu'a obtenu ce volume nous engage à en présenter au lecteur une seconde édition, faite avec ce luxe typographique dont la poésie a besoin. Honoré des suffrages de M. le marquis de Larochefoucauld, de M. Robert-Victor, président de l'*Union des poètes*, de M. Peladan, rédacteur en chef de *la France littéraire*; cité avec éloge dans la *Revue Européenne*, dans la *Tribune lyrique* de Mâcon, etc., etc., l'auteur nous charge d'exprimer sa reconnaissance à tous ceux qui ont bien voulu guêter ses vers ou parler d'eux.

Pour donner un nouveau prix à cette édition, nous y avons joint trois pièces de

vers adressées à M. Joseph BEUF par
M. Thalès BERNARD, qui exprime haute-
ment, dans ces remarquables inspirations,
sa sympathie pour le jeune poète, et engage ce dernier à toujours obéir à la Muse.
Ainsi, le mouvement décentralisateur con-
tinue à se produire, et c'est de Paris même
que viennent les appels à la régénération
de la province.

ALPHONSE MERLE.

Grenoble, le 30 juin 1860.

# PRÉFACE.

---

La ville de Lyon, que le voyageur allemand Jodocus Sincerus qualifiait, au 17e siècle, de rempart et marché de toute la France, cherche aujourd'hui une autre illustration que la gloire industrielle, et elle prétend devenir un centre de l'intelligence et de la littérature. Cette tâche difficile n'a pas effrayé un homme de talent et de conviction, M. Adrien Peladan, qui, pendant que le matérialisme de notre époque néglige ou insulte la poésie, offre à celle-ci un noble asile dans la *France littéraire*. Naguère son journal publiait les pittoresques sonnets de M. Soulary, dont un cri-

tique autorisé, M. Jules Janin, a constaté
l'excellence. Depuis lors M. Peladan a pro-
duit plusieurs autres poètes, et notamment
M. Joseph Beuf. C'est ce dernier que nous
voulons présenter aujourd'hui au public de
Paris et de la province.

Disons d'abord quelques mots de l'auteur, car on aime à savoir à qui l'on a
affaire. Il est né à Visan, en 1835. Visan est
un village du département de Vaucluse,
situé près de Valréas, où un autre poète,
M. Chastan, jaloux d'une double couronne,
écrit des strophes harmonieuses, en fran-
çais comme en provençal. Enfant du Midi,
M. Joseph Beuf se trouvait ainsi engagé
envers la poésie, et il composa des vers de
très bonne heure, tantôt en errant dans les
roches de la Haute-Provence, tantôt en exer-
çant sa modeste profession d'instituteur-
adjoint, car la muse est une maîtresse
jalouse, qui veut qu'on s'occupe d'elle
toujours et partout.

Tombé à la conscription, notre poète
aurait pu se faire racheter; il ne voulut

pas imposer à sa famille un sacrifice trop considérable, et il partit sous les drapeaux, où il a su se concilier l'estime et l'affection de tous ceux qui l'ont approché.

Le trait que nous venons de raconter prouve toute la sensibilité du poète ; mais pour le connaître entièrement, ouvrez son volume, qui participe à la fois, sans que l'auteur en ait conscience, de l'école souabe et des sonnets de Pétrarque ; vous y trouverez un vrai sentiment de la nature, une grande délicatesse d'émotions, une langue toujours souple et correcte. Ne lui cherchez pas querelle si ses compositions renferment sept ou huit strophes au plus ; il sait que les longs poèmes font bailler, et il a voulu intéresser ses lecteurs en leur épargnant un verbiage inutile. Sa manière est neuve et lui appartient en propre : elle consiste, comme dans la fable, à considérer le monde extérieur pour en tirer une moralité ; mais les fabulistes n'ont ni poésie, ni sentiment de la nature, tandis que l'auteur des *Premières Fleurs* parle de celle-ci avec une voix attendrie qui fait souvenir d'Uhland et de Justin Kerner.

Le public ne manquera pas d'accueillir avec bienveillance un poète qui donne, aussi jeune, des marques d'un talent aussi distingué. Ce sera une grande joie pour tous les amis de la poésie, et ces derniers adresseront leurs remerciements à l'éminent directeur de la *France littéraire,* en le félicitant du rôle honorable qu'il remplit.

THALÈS BERNARD.

Paris, le 1er janvier 1860.

—

# A

## *C... R...*

A vous l'hommage de ce livre, où votre nom est écrit à chaque page. Le sentiment qui vient du cœur ne trompe ni ne change; il croît jusqu'à la tombe et s'éternise au Ciel.

JOSEPH BEUF.

Lyon, le 1er février 1860.

# CE QUI ME FAIT RÊVER.

—

Sonnet à M. le vicomte F. de MAYS.

—

Ce qui me fait rêver, c'est la verte colline,
Le lis épanoui dans sa vive blancheur,
Un enfant que sa mère endort dans son bonheur,
A la tombe des siens une pauvre orpheline ;

L'airain qui retentit aux fêtes du Seigneur,
Sous le dôme des bois la source cristalline,
Au souffle du matin le rameau qui s'incline,
Du soleil qui s'éteint la dernière lueur ;

Puis, dans le temple saint, ce sont les mains du prêtre,
Devant le tabernacle invoquant le Grand-Être ;
De l'urne des parfums l'encens mystérieux ;

Les bouquets odorants dont l'autel se décore,
Et de ma fiancée encore
Ce sont les chastes yeux.

# ESQUISSE.

—

Ainsi qu'une perle d'opale
Son front est radieux est pur,
Et sa prunelle virginale
Luit comme un astre dans l'azur.

La candeur est dans son sourire,
Comme l'éclat dans sa beauté,
Et le cœur cède à cet empire
D'innocence et d'aménité.

A la grâce qui l'environne,
La palette de Raphaël
En aurait fait ou sa madone,
Ou l'image de Gabriel.

# DEPRECARE.

—

A Mademoiselle Mélanie BOUROTTE.

—

Du lis à la blanche corolle ,
Vers le ciel le parfum s'envole ;
Les hymnes des oiseaux s'élèvent dans les airs,
Sous les rameaux des bois le vent léger murmure,
Dans l'herbe, de la source pure
Résonnent aussi les flots clairs.

2

Quel objet nous rappellent-elles,

Ces voix qui chantent en tout lieu?

Que notre esprit reçut des ailes

Pour monter chaque jour vers Dieu.

# A M. Thalès BERARD.

---

Poète, combien votre lyre
A de mystérieux secrets !
Tantôt c'est l'aile du zéphyre
Qui palpite dans les bosquets ;

Tantôt c'est le léger murmure,
Dans le pré vert, du frais ruisseau ;
Tantôt c'est la cantate pure
Que chante le petit oiseau.

Puis, plus véhément, ô poète,

Retentit votre hymne de feu ;

C'est la clameur de la tempête

Proclamant la grandeur de Dieu.


Vous ne venez pas de la terre,

Suaves ou mâles accents ;

Poésie, ô chantant mystère,

Non, c'est du ciel que tu descends.

# A Auguste MOURIÈS.

La mort aime à faucher les roses ,
Elle se plaît à les choisir,
Et les effeuille, à peine écloses
Au souffle du léger zéphir.

Ce sont des personnes aimées,
Ces fleurs ; mais le divin amour
Les fait briller plus embaumées,
Aux jardins d'un meilleur séjour.

Ami, tu n'as donc plus de mère,
Elle que tant aimait ton cœur ;
C'est une affliction amère ;
Je compatis à ta douleur ;


Mais de l'éternelle demeure,
Sur ton angoisse elle a les yeux ;
Au pieux enfant qui la pleure,
Elle sourit du haut des cieux.

# RÊVERIE.

———

Heureux ceux qui, fuyant les villes,
Dans le silence des hameaux
Peuvent goûter un doux repos
Et couler des heures tranquilles!

Je vous aime, ô vallons fertiles,
Prés riants, limpides ruisseaux,
Et vous, bocages, frais asiles
Remplis d'harmonieux oiseaux.

Je voudrais dans une chaumière,
Caché dans l'un de ces déserts,
Auprès d'êtres qui me sont chers,
Voir s'écouler ma vie entière.

# LES FLEURS.

---

A M. Joseph GUIBERT.

---

Là-bas, sur le rivage, aux pieds de verts coteaux,
Se mirent fièrement, dans le cristal des eaux,
Emblèmes de nos destinées,
De belles fleurs,
Dont, peut-être, ce soir les brillantes couleurs
Seront fanées.
L'aquilon gronde....; par le cours
Du flot rapide elles sont entraînées....
Ainsi s'en va l'éclat de nos jeunes années,
Ainsi s'envolent les beaux jours.

# PENSÉE.

—

## A M. MILLIET (de Vaucluse).

—

Tandis que l'aigle prend son vol,
Brillant soleil, vers ta lumière,
Le reptile, habitant l'ornière,
Rampe obscurément sur le sol.


L'un représente l'âme humaine,
Que la vertu ravit aux cieux ;
L'autre, le vice qui se traîne
A travers les sentiers fangeux.

# OPTIMÆ MATRI [1].

Sur cette tombe où nous pleurons,
Devant la croix, divin symbole,
Une espérance nous console :
Là-haut nous nous retrouverons.

[1] Inscription composée à la demande de Mesdemoiselles B... pour le tombeau de leur mère.

# A M. Léo de LABORDE.

—

Non, non, ne louez pas les chants de mon aurore ;

Car ils n'ont rien d'harmonieux ;

Ils sont comme le météore,

Lueur de peu d'instants qui passe dans les cieux.

# LE DÉLAISSÉ.

———

La neige couvre la campagne ;
Le froid a suspendu le cours de nos ruisseaux ;
Dans la plaine, affamés, désertant la montagne,
Descendent les petits oiseaux.


Sans asile, sans nourriture,
Un orphelin est là, désolé, languissant.
Il est nuit, verra-t-on un sensible passant
T'assister, pauvre créature ?

3

Comme je te tendrais la main,
Enfant, si je pouvais t'arracher à la tombe!
Mais je veille et je suis soldat.... la neige tombe;
Il ne sera plus temps demain.

# L'HIVER.

A Madame VILLOT.

Le deuil s'étend sur la nature,
Plus de concerts sous les berceaux,
Plus de zéphirs, plus de verdure,
Plus de fleurs au bord des ruisseaux.

Sur les arbres de nos montagnes,
De l'aquilon mugit la voix ;

Il disperse dans les campagnes
Les dernières feuilles des bois.


Mais si tant de grâce succombe,
Au printemps, c'est pour reverdir;
Ainsi du seuil de notre tombe
Notre âme au ciel va refleurir.

# CÉLINA !

—

O mia Stella !
- ( PÉTRARQUE ).

Dans le malheur, toi qui me tends la main,
    Dans les ténèbres de l'orage,
    Comme une étoile ton image,
    Mon ange, luit sur mon chemin.
    Grâce à toi, je reprends courage,
    Et bien qu'éloigné du rivage
    Où plus doux sera mon partage,
    Une voix qui part du nuage
Me ranime toujours en me disant : Demain !

# NOTRE-DAME-DES-VIGNES.

—

## A Louis SIMON.

—

Voici la rustique chapelle
Où l'on me voua nouveau-né,
Où plus tard, à ce vœu fidèle,
Je suis tant de fois retourné.

Si la splendeur des basiliques
N'éclate pas en ce saint lieu,
Des cœurs simples, évangéliques,
S'y découvrent du moins à Dieu.

Que de fois j'ai cueilli des roses,
O Vierge, gloire d'Israël,

Pour les porter à peine écloses
Sur le marbre de ton autel !

Que de fois mon adolescence,
Après ses courses du matin,
Y rêva sur l'effervescence
Du monde au bruissement lointain.

« Cette mer dont jusqu'ici monte,
Me disais-je, le sourd fracas,
Il faut aussi que je l'affronte,
Comme tout mortel, ici-bas.

» Mais vous veillerez sur ma voile,
Quand ma barque dérivera,
Reine du ciel, propice étoile,
Jusqu'au port qui m'abritera. »

Il est commencé mon voyage
Sur l'océan capricieux ;
Vierge, protégez le sillage
De mon esquif, du haut des cieux.

# A UN ADOLESCENT.

——

Enfant, quoi ! des autels tu détaches la lyre ,
Les dix cordes d'argent ont frémi sous tes doigts !
Il nous a présagé, ton précoce délire ,
Les trésors d'harmonie enfermés dans ta voix.


Va, jeune élu, grandis ; il faut que tu l'espères,
Le temps où, s'éveillant aux hymnes d'Israël,
Les peuples renaîtront à la foi de leurs pères,
Et marcheront encor guidés par l'Éternel.

Inspire, inspire-toi sur nos rives bénies ;
Il est plein de concerts notre ciel enchanté
Vaucluse sait toujours les molles harmonies
De Pétrarque.... ; tu sais , c'est là qu'il a chanté.

# ADIEU.

—

Adieu, je pars, ô toi dont mon âme est la sœur,

Dans la retraite épanouie,

Il est une petite fleur

A qui mon esprit se confie.

La fleurette te redira

Que mon cœur toujours t'aimera.

Les monts et la mer menaçante

Nous auront séparés demain ;

Mais je la laisse sous ta main,

La fille des beaux jours, à qui mon âme absente

A dit, soir et matin, de murmurer tout bas :

« Songe qu'il ne t'oublîra pas. »

# L'ESPÉRANCE.

Sonnet à M. le marquis de **LAROCHEFOUCAULD**.

Espérance, heureux, sur la terre,
Où sont fréquentes les douleurs,
L'homme dont tu sèches les pleurs
Et que ta coupe désaltère.

Tu nous fais un chevet de fleurs,
Quand notre veille est trop austère;
Tu changes notre angoisse amère
En délicieuses douceurs.

Espérance, dont le sourire
Console une âme qui soupire
Et dévore un brûlant amour,

Veille sur ma course mortelle ;
A la mort prête-moi ton aile,
Pour monter au divin séjour.

# LA ROSE.

—

## A Madame de CALIGNON.

—

La rose, qu'on voit le matin
Epanouie,
Le soir flétrie,
Nous rappelle notre destin.
Mais lorsque la fleur tombe,
Nous respirons encor ses parfums épandus....
Tel le chrétien qui descend dans la tombe
Laisse après lui l'odeur de ses vertus.

# OCTAVE.

—

Comme dans la nuit brune,
Sous le firmament bleu,
Ton disque efface, ô lune,
Mille étoiles de feu ;

Ainsi dans nos campagnes,
Une suave fleur,
L'épouse de mon cœur ,
Brille entre ses compagnes.

4

# POUR TOI.

—

Vois, Célina, vierge que j'aime,
Le beau printemps renaît encor ;
Vois, le soleil de pourpre et d'or
Fait rayonner son diadême,
Pour toi, jeune vierge que j'aime,
Que j'aime.

Pour toi, jeune vierge que j'aime,
Dans le vallon qui reverdit,
Le joyeux rossignol redit

Des chants d'une douceur extrême,
Pour toi, jeune vierge que j'aime,
Que j'aime.


Dieu fit pour toi, vierge que j'aime,
Le doux murmure des ruisseaux,
L'arôme flottant des coteaux,
Que le zéphir recueille et sème,
Pour toi, jeune vierge que j'aime,
Que j'aime.


Pour toi, jeune vierge que j'aime,
Tout vit, s'émeut en ce séjour;
Pour toi, je vis et meurs..... d'amour,
O Célina, mon bien suprême,
Toi, la jeune vierge que j'aime,
Que j'aime.

# A M. DUBOIS.

---

Oui, vous m'avez comblé de tant de bienveillance,
Que je ne sais comment je dois m'en acquitter :
Que pourrais-je vous dire ou que vous présenter
Qui ne fût au-dessous de ma reconnaissance ?

# LE PRINTEMPS.

—

Sonnet à M. ESCOFFIER.

—

Aux légers souffles du printemps,
Les prés se parent de verdure,
Tout se revêt dans la nature,
Des atours les plus éclatants.

Du soleil la flamme est plus pure ;
De mille concerts ravissants,

À l'abri des rameaux naissants,
L'oreille écoute le murmure.

Forêts, que de bruits enchanteurs !
Champs, quelles suaves senteurs !
Mais cet éclat, cette harmonie,

Ont bientôt terminé leur cours :
Ils passent si vite nos jours !
Elle est si courte notre vie !

# LE LIS.

—

Sur le vert tapis du vallon,
Sous la brise, sa bien-aimée,
D'un lis se balançait la corolle embaumée.
Le soc déchira le gazon....
Le soir, dans la plaine assombrie,
La fleur superbe était flétrie....

Vous qui rêvez l'éclat, méditez la leçon.

# LA CRAINTE.

(Imité d'un chant slave.)

—

Que tes yeux sont noirs, Annette, ma belle !
    Ne dois-je pas craindre ?... ô fille au cœur d'or....
— Va, quand j'aurais les yeux cent fois plus noirs encor,
Je ne t'oublîrais pas et te serais fidèle.
Ne crains rien de mes yeux, mais garde-toi toujours,
    O mon bien-aimé, des mauvais discours.

# LES TÉNÈBRES.

Tandis qu'au loin la nuit étend son voile sombre,
Que toute voix se tait dans l'épaisseur de l'ombre,
Je veille et cherche en vain d'un regard soucieux,
    Une étoile qui brille aux cieux.

Vienne, vienne bientôt le sourire de l'aube !
Profonde obscurité, fuis devant sa lueur.....
Qu'à ta clarté, mon Dieu, de même se dérobe
    L'ombre épaisse où languit mon cœur.

# A M. Thalès BERNARD.

C'était l'heure où la terre
Lasse du poids du jour,
S'enivre de prière,
De repos et d'amour.


Sous le feuillage sombre,
Le rossignol des bois,
Versait, plaintif, dans l'ombre,
Les longs flots de sa voix.

Au ,chant si pur de Philomèle,

Thálès, je vous nommai tout bas ;

Enfant de la lyre immortelle,

L'univers vous entend, mais il ne vous voit pas.

# TABLEAU PASTORAL.

—

Dans le pré vert coule et scintille,
Là-bas, la source au flot d'azur ;
Et sur ton visage si pur
Coulent des larmes, jeune fille.

En paix épanche ton trésor,
Limpide ruisseau, coule encore,

Sous tes caresses fais éclore
Les roses et les boutons d'or.

Mais toi, qui te plains au rivage,
Ah ! console-toi, car tes pleurs
Flétriraient les fraîches couleurs
Qui parent ton charmant visage.

# MÉDITATION.

—

A M. l'abbé de LATOUR.

—

Tout n'est qu'heur et malheur ;
Onde des prés tarie,
Jeune tige flétrie
Par l'excès des chaleurs.

La mer est en furie,
Le ciel noir de vapeurs :

Tel est l'état des cœurs,
L'image de la vie.


Mortel, incline-toi ;
Adore, souffre, espère ;
Il est une autre sphère
Que te promet la foi.

# A MA MÈRE.

---

## Le 1er janvier 1860.

---

O vous qui m'aimez d'un amour sincère,
Recevez les vœux ardents que mon cœur
A faits aujourd'hui pour votre bonheur,
Qui sera toujours le mien, ô ma mère.

# A M. Léo de LABORDE.

—

Quand, pour fêter votre heureuse naissance,
Tant d'amis dévoués vous adressent leurs vœux,
Léo, ne rebutez pas ceux
Que forme la reconnaissance.

# ADORATION.

## Sonnet.

Ange suave, ô toi, toi que mon âme implore,
    J'aime l'éclat pur de ton teint,
    Frais comme un lis qui vient d'éclore
    Aux tièdes brises du matin.

Ton sourire charmant, que la grâce décore,
    De tes yeux le rayon divin,

Plus doux que celui de l'aurore,
De ta voix le son argentin ;


Ton cou si délicat, ta bouche rose et fraîche,
Ta lèvre au fin duvet de pêche,
Ton haleine, parfum de fleur.


Surtout, j'aime à ton front l'innocence qui brille
Et fait juger, ô jeune fille,
Des vertus qu'enferme ton cœur.

# LE DÉSIR.

—

## Sonnet.

—

Si j'étais la brise légère,
Vers toi, sur une harpe d'or,
J'irais de la rive étrangère
Murmurer mon plus doux accord.

Quand le sommeil clôt ta paupière,
Célina, je voudrais encor

Être l'archange tutélaire
Qui veille sur toi , doux trésor.


Je voudrais , ô ma bien-aimée ,
Être la rose parfumée ,
Brillant d'éclat et de douceur,


La  primevère ou la pervenche ,
Que tu cueilles de ta main  blanche
Et que tu places sur ton cœur.

# AU PRINTEMPS.

—

En vain , printemps , tu renais
Et rajeunis la nature ,
Nous ne reprenons jamais
Nos fleurs , ni notre verdure .

# L'ANGE.

———

Ma riante jeunesse est morte,
Et toutes mes charmantes fleurs,
Et tous mes rêves enchanteurs ;
Le printemps qui fuit les emporte.....
Oh ! que mes jours seraient languissants ici-bas,
Radieux séraphin, si tu ne m'aimais pas !


Privé de son aube première,
Mon ciel perd sa sérénité,

L'implacable réalité

    Le dépouille ainsi que la terre.....

Oh! que mes jours seraient languissants ici-bas,

Radieux séraphin, si tu ne m'aimais pas!


    Connaissant de la vaine gloire

    La source au flot fascinateur,

    Aujourd'hui, morose chanteur,

    Je n'ai plus le désir d'y boire.....

Oh! que mes jours seraient languissants ici-bas,

Radieux séraphin, si tu ne m'aimais pas!


    Par toi, la paix encor m'inonde;

    Ton amour seul fait mon bonheur,

    C'est ma joie unique, et ton cœur

    Est toute ma richesse au monde.....

Oh! que mes jours seraient languissants ici-bas,

Radieux séraphin, si tu ne m'aimais pas!

# ANTITHÈSES.

—

## A Auguste CHASTAN.

—

Le jour où je la vis pour la première fois,
La neige blanchissait les rameaux nus des bois ;
Cependant rayonnait, en mon âme joyeuse,
Du printemps de l'amour l'aurore radieuse,
Le jour où je la vis pour la première fois.

Le jour où je la vis pour la dernière fois,
Les roses fleurissaient, et mille fraîches voix
Célébraient le printemps, en chœur, dans la vallée ;
Mais moi j'avais, hélas ! l'âme si désolée,
Le jour où je la vis pour la dernière fois !

6

# PRIÈRE D'UNE MÈRE.

---

A Madame ROUSSET.

---

Modère tes accords, chantre ailé du bocage,
Laisse mon cher enfant mollement sommeiller ;
    Garde-toi de me l'éveiller,
    Je t'en aimerai davantage.
Je vais cueillir, pour lui, dans le vallon,
    Un lis blanc comme le visage,
    De mon doux petit ange blond.

# L'ARC-EN-CIEL.

Quand l'arc-en-ciel luit dans l'orage,
Nous disons que c'est le présage
D'un temps plus calme et plus serein,
Et la voix de l'oiseau soudain
Retentit au fond du bocage.

C'est ainsi que, dans mon malheur,
Lorsque sur moi ton regard tombe,
Mon ciel s'éclaire, ô ma colombe ;
Je chante et renais au bonheur.

# A Rose BARAL.

---

Je voudrais être, enfant, la brise du matin,
Qui porte jusqu'au ciel le parfum de la rose,
 Pour que le parfum de ton âme, ô Rose,
  Ne s'exhale pas en vain.


Je voudrais être aussi l'arbre au feuillage sombre,
Dont l'aspect rend l'espoir au voyageur errant,
 Pour verser sur toi, simple et douce enfant,
  L'humide rosée ou l'ombre.

Rose, si je pouvais, ah ! je serais encor
L'amicale fauvette au ramage si tendre,
    Pour qu'en s'éveillant, ton cœur croie entendre
        Un saint et touchant accord.


Lorsque tu subiras , plus tard , de cette vie
Les stériles espoirs, les amères douleurs ,
    Qui me donnera de sécher tes pleurs,
        O chère petite amie ?

# EXHORTATION.

—

Par un tranquille soir de mai,
Va dans la charmante nature,
Où le ruisseau d'argent murmure
Au pied du vallon embaumé ;
Où la vague brise se mêle,
Flottant dans les rameaux fleuris,
Avec l'arôme des iris
Et les soupirs de Philomèle.

Va, ma rêveuse , et quand tes yeux
Auront contemplé les étoiles
Vacillant sous leurs frêles voiles ,
Dans la profondeur des lacs bleus ;
Quand ta jeune âme sera pleine
Des senteurs qu'exhalent les champs ,
De la voix de l'onde et des chants
Dispersés au loin dans la plaine ;
Rentre dans ton asile , ô perle du hameau ,
Dors , calme , jusqu'à l'heure où la lumière brille ,
Et puisse l'avenir te donner , jeune fille ,
Tout ce que ton esprit aura rêvé de beau.

# A UN BOUQUET.

Charmantes fleurs de la prairie ,
Doux envoi d'une main chérie ,
En vous voyant je suis heureux.
Au présent le plus généreux,
Joli bouquet, je te préfère ;
Car tu représentes les vœux
D'un cœur aussi pur que sincère.

# A Louis SIMON.

—

Ton père, près de lui le Seigneur le réclame ;
Ces doux liens, le Ciel a voulu les briser ,
Louis , et cette main qui brise aussi ton âme ,
　　Tu dois encore la baiser.

# L'ÉTOILE.

L'ombre planait sur la vallée ;
C'était l'heure où des nuits la couronne étoilée
　　Argente les rameaux des bois,
　Où la cascade seule élève encor la voix.
La lune cheminait, pâle comme un fantôme,
　　Entre ses voiles déchirés ;
Un zéphir caressant nous apportait l'arôme
　　Qui s'exhalait du sein des prés.

Je dis à Célina : Choisissons, mon amie,

Une étoile, là-bas, parmi ces astres blonds,

Qui, plus tard, quand l'hiver aura blanchi nos fronts,

Nous fera souvenir des beaux jours de la vie.

Nous choisîmes alors, dans le limpide azur,

Une étoile lointaine au rayon calme et pur.

# L'AMANDIER.

## Sonnet à M. Réné SÉMUR.

Avril a des soleils trompeurs.
Vois ce jeune amandier; le vent qui tourbillonne,
Sur le pâle gazon effeuille sa couronne,
Sa couronne aux fraîches couleurs.

C'est l'image de nos malheurs ;
Car chaque fleur, ami, qui tombe et l'abandonne
Est un fruit de moins pour l'automne,
Hélas ! et l'amandier n'a déjà plus de fleurs.

7

N'est-ce point là notre jeunesse ?
Elle qui rêve d'allégresse,
Et qui dira demain : « Chagrin, je t'ai connu ;


» En mon cœur l'espérance est morte ;
Mes beaux projets, l'orage les emporte ;
Ce souffle est le malheur, qui m'est sitôt venu. »

# APPENDICE.

# A Joseph BEUF.

—

Je n'ai jamais erré dans les plaines fertiles
Qui se couvrent en mai de fleurs et de gazon.
O poète, c'est toi dont les lèvres habiles
De rameaux printaniers parent mon horizon.

Le ciel fut noir pour moi dès ma première enfance,
Contre un morne destin sans cesse j'ai lutté ;
Mais la muse du moins, en prenant ma défense,
M'a montré les chemins où d'autres ont chanté.

Assis sur le coteau comme un penseur morose
Dont le cœur épuisé rêve languissamment,

J'en vois de plus heureux cueillir la fraîche rose,
Et sous le buisson vert s'endormir doucement.


Sous leurs yeux attendris murmure le feuillage
Où le zéphyre jette un souffle parfumé,
Le papillon léger caresse leur visage,
Et près d'eux l'on entend : dors, ô mon bien-aimé !


Tressaillements du cœur qui s'ouvre à la nature,
O paroles d'amour, baisers sur des bras nus,
Doux serments échangés, lorsque sous la verdure
La lune vient sourire à des fronts ingénus,


Je ne sentirai plus votre volupté sainte,
Car mon cœur est trop vieux pour délirer encor,
Mais j'aime entendre, ami, la douloureuse plainte
De ceux dont le chagrin s'épanche en rhythmes d'or.


Soit donc que, t'attachant à quelque fille blonde,
Tu dises dans tes vers sa voix et ses yeux bleus,

Que tu suives, songeur, en t'éloignant du monde,
Le sentier où les bois semblent toucher les cieux;


Laisse venir à moi les soupirs de ton âme,
O poète emporté dans ce monde mouvant
Où le rêve idéal monte, subtile flamme,
Lorsque sur notre terre il n'a plus d'aliment.


Je te suivrai toujours sous les arbres tranquilles,
Verts abris d'où rayonne une divine paix,
Dans les chemins foulés par les chèvres agiles,
Partout où le méchant ne se montre jamais;


Et conservant en moi le trésor de tes rêves
Que tu sois tour à tour sage, poète, amant,
Tu me verras marcher, pensif, le long des grèves
En portant dans mon cœur le poids de ton tourment.

Thalès BERNARD.

Paris, 5 septembre 1858.

# A Joseph BEUF.

—

Une année est passée, une autre va revivre,
Songeur insouciant, toi, tu chantes toujours,
Nous faisant oublier le lourd manteau de givre
Qui des sentiers moussus recouvre le velours.


Sur les chênes flétris tremble la feuille jaune,
Elle résiste à peine à la rage du vent,
Mais la muse te suit en fidèle amazone,
Et fleurit les chemins où tu vas si souvent.

Quand s'élève ta voix, plus de bois sans verdure,
Le rossignol reprend ses nocturnes accords,
Et mêle sa chanson à l'étrange murmure
Qui, sortant des forêts, fait tressaillir les morts.


Ah! puisses-tu sans cesse, enfant des chastes muses;
Ranimer dans tes vers un éternel printemps,
Et redire ces mots que les femmes confuses
Écoutent résonner dans leurs cœurs palpitants.


La vierge en te lisant s'étonne et se recueille,
Elle regarde au loin les vastes horizons,
Et sous l'ombre des bois tremblant comme la feuille,
Arrache ses secrets à la fleur des gazons.


Si jamais vers le soir, l'une d'elles, rêveuse,
Marchant à petits pas, rouge, les yeux baissés,
Te venait demander si, pour l'âme amoureuse,
Tu n'as pas de ces chants, si doux aux cœurs blessés;

Ne va pas, ô poète, ému d'un trouble vague,
Boire dans ses beaux yeux le poison de l'amour,
Et lui prenant la main pour admirer sa bague,
Presser de son bras blanc le gracieux contour !

Veille sur ta raison, car la femme est perfide,
Tel qui croit la surprendre est souvent trop bien pris.
Des molles voluptés le poète est avide,
Mais il peut rencontrer la haine ou le mépris.

Si tu redoutes trop de rouvrir la blessure,
Qui, peut-être, jadis a fait saigner ton cœur,
Crains la femme coquette et crains la fille pure,
Toutes deux ont dans l'âme un prestige vainqueur.

Cherche plutôt des bois les ombres bienfaisantes ;
Si tu sens ton esprit bouillonner et rugir,
Regarde dans les cieux les étoiles luisantes,
Avant que le matin ne commence à rougir !

Transporte tes pensers dans les lointaines sphères ,
Laisse aux pâles amants les regrets et les pleurs ;
Songe aux astres heureux où tu verras tes frères,
Les poètes, errer dans des chemins de fleurs.


Mais que dis-je ? au moment où ma lyre prudente
T'avertit, doux chanteur, qu'il ne faut pas aimer,
La tienne , en soupirant, parle à mon àme ardente ,
Et tu brûles mon cœur au lieu de le calmer.


La nature toujours m'entraîne vers la femme ,
Vers les épais taillis où l'on se perd à deux ;
Ce n'est pas la forêt qui peut assouvir l'âme ,
Ni le chant des oiseaux, ni la splendeur des cieux.


Fais donc, ô mon rèveur, se plaindre sur ta lyre
Les désirs amoureux que Dieu même comprend,
Redis les mots charmants qu'une sœur nous inspire ,
Lorsque, pour l'exalter, le cœur devient plus grand.

Et moi, cœur sans vaillance, à tout orage en butte,

Moi, jouteur fatigué, qu'ont défait tous les dieux,

Va, je t'applaudirai, si tu vaincs dans la lutte,

L'ennemi le plus rude, une fille aux yeux bleus.

Thalès BERNARD.

Paris, 28 décembre 1858.

# A Joseph BEUF.

—

Tu dis que le printemps, bien que son charme enivre,
Éveille dans le cœur un frisson douloureux,
Car, changeante toujours, la nature est un livre
Dont les mots font pleurer celui qui voudrait vivre
A rêver lentement sur les instants heureux.

Tout passe tour à tour, amours purs et feuillages ;
L'hiver vient tout flétrir, les serments et les bois ;
D'une pâleur sinistre il couvre nos visages,

Et de leurs verts rideaux dépouillant les villages,
Du joyeux rossignol il étouffe la voix.


La forêt, en décembre, est triste et solitaire,
Le vent dans ses rameaux ne cesse de crier,
Et, broyant le verglas qui recouvre la terre,
Fatigué de sonder la vie et son mystère,
Le poète alangui soupire sans prier.


O frère, tu dis vrai. Mais il reste la gloire,
Si la nature fuit, si l'amour est menteur;
A son calice d'or les grands cœurs veulent boire;
Car plus on souffre ici, plus on désire croire
Que l'impassible mort n'est qu'un rêve trompeur.


Descends sur les tombeaux, flamme immuable et sainte
Que le titan ravit au foyer du soleil;
La foule au cœur grossier te regarde avec crainte,
Mais ton ardent rayon, dans une cendre éteinte,
Fait tressaillir la vie où dormait le sommeil.

Pétrarque et Camoëns, arrachés à la tombe,
Renaissent radieux de leurs corps épuisés ;
Vainement autour d'eux, tout décline, tout tombe ;
On entend dans leurs vers soupirer la colombe,
Et les amants furtifs s'y couvrent de baisers.

Admirable combat de l'homme périssable,
Avec le sort cruel qui veut tout abîmer ;
La nuit, de l'horizon, s'avance formidable,
Mais après le naufrage, il reste sur le sable
Les grands noms de ceux qui surent le mieux aimer.

Ainsi, frère, posons nos lèvres sur les roses,
Nous trouverons la gloire en savourant l'amour.
Il se peut que Platon n'entende rien aux choses,
Que Socrate, son maître, aît mal scruté les causes,
Mais aux cœurs amoureux suffit un demi-jour.

Sur la lyre, fais donc, pour une vierge blonde,
Retentir, en chantant, des vers mystérieux,

8

Et demande aux savants qui t'expliquent le monde,

Comment ils ont nommé l'extase qui t'inonde,

Lorsque des yeux d'azur s'entr'ouvrent sur tes yeux !

Thalès BERNARD.

Paris, 16 mai 1859.

# TABLE DES MATIÈRES.

—

FIN.